Eisteddfod i'w Chofio

Gwennan Evans
lluniau Lleucu Gwenllian

Argraffiad cyntaf: ⓗ Gwasg Carreg Gwalch 2023
ⓗ testun: Gwennan Evans 2023
ⓗ darluniau: Lleucu Gwenllian 2023
Dylunio: Eleri Owen

Rhif Llyfr Safonol Rhyngwladol:
978-1-84527-883-0

CYNGOR LLYFRAU CYMRU
Cyhoeddwyd gyda chymorth Cyngor Llyfrau Cymru.

Cyhoeddwyd gan Wasg Carreg Gwalch,
12 Iard yr Orsaf, Llanrwst, Dyffryn Conwy, Cymru LL26 0EH.
Ffôn: 01492 642031
e-bost: llyfrau@carreg-gwalch.cymru
lle ar y we: www.carreg-gwalch.cymru

Argraffwyd a chyhoeddwyd yng Nghymru

Un bore oer, fe ddaeth llond car o bobl ddieithr i ymweld â Fferm Cwm Cawdel.

"Pwy yn y byd yw'r bobl 'ma?" holodd Modlen.

"Gobeithio nad yw'r milfeddyg gyda nhw!" meddai Llio.

"Na, mae na bedwar ohonyn nhw, ac maen nhw'n amlwg yn chwilio am rywbeth," atebodd Modlen.

"Chwaraewyr pêl-droed gorau Cymru, falle," awgrymodd Miri.

"Hwn yw'r pedwerydd cae mae Ffion wedi dangos iddyn nhw. Mae rhywbeth mawr yn mynd ymlaen," meddai Modlen.

Roedd Sali yn dawel iawn wrth wylio'r criw yn cerdded ar hyd y caeau i gyd yn eu tro ac yna'n edrych yn fanwl iawn ar adeiladau'r clos.

"Rwy'n credu fy mod i'n gwybod beth sy'n digwydd," meddai Sali.

"Mae'n edrych yn debyg fod Ffion yn meddwl gwerthu Fferm Cwm Cawdel!"

Erbyn amser swper, penderfynodd y gwartheg fod yn rhaid iddyn nhw siarad gyda Ffion.

"Os wyt ti yn meddwl gwerthu ein cartref hyfryd ni yma yng Nghwm Cawdel, mae hawl gyda ni i gael gwbod!" mynnodd Sali.

“Gwerthu! Beth sy’n gwneud i chi feddwl hynny?”

“Yr ymwelwyr ’na heddiw oedd eisiau gweld caeau i gyd!” atebodd Modlen.

Chwarddodd Ffion.

“Gwerthu Fferm Cwm Cawdel? Na, byth bythoedd! Ond mae gen i ychydig bach o newyddion cyffrous i chi. Ydych chi’n gallu cadw cyfrinach?”

“Wrth gwrs!” cytunodd pawb.

“Mae’r Eisteddfod Genedlaethol yn dod i Fferm Cwm Cawdel!”

y
Parlwr
Parlwr
y
Parlwr

Roedd y gwartheg i gyd wrth eu boddau.
Roedd hyn yn newyddion cyffrous iawn.

Dechreuodd Modlen bori yn y Rhestr Testunau a phenderfynodd y byddai'n rhaid iddyn nhw gystadlu er mwyn cefnogi'r Eisteddfod a fyddai ar garreg y drws.

Dechreuodd y gwartheg ymarfer yn syth ...

… a byddai Modlen yn mynd ati bob nos
i ddarllen ac astudio.

Wrth i'r lorïau a'r peiriannau gyrraedd
er mwyn codi adeiladau ar y Maes,
dechreuodd Sali a Llio addurno'r fferm
yn barod i groesawu'r holl ymwelwyr ...

... a bu Miri yn helpu i sicrhau y byddai'r Maes yn ddiogel i bawb.

Roedd pob cae ar y fferm yn cael ei ddefnyddio ar gyfer yr Eisteddfod. Roedd angen Prif Faes, maes carafannau, meysydd parcio a Maes B, ond doedd dim ots gan y gwartheg. Nhw oedd â'r plot gorau yn y maes carafannau i gyd.

Yr unig berson oedd â lle gwell i gysgu oedd yr Archdderwydd ei hun. Byddai hi yn cysgu yn y tŷ ac yn cael y gofal gorau gan Ffion a Fflei.

Dechreuodd y carafannau gyrraedd, ac o fewn dim, roedd 'Cae dan tŷ' a 'Cae nant fach' yn llawn dop o ymwelwyr, a phawb yn edrych ymlaen at wyliau yng Nghwm Cawdel.

A dyna i chi le rhyfeddol oedd y Maes.

Roedd yna waith celf.

A dawnsio.

Lle Gwyddoniaeth.

A digon o hwyl i blant bach.

Cafodd Modlen wireddu ei breuddwyd. Fe basiodd yr arholiad er mwyn cael ei derbyn yn aelod o'r Orsedd.

Roedd hi'n edrych yn grand iawn yn ei gwisg werdd a oedd yr un lliw â chaeau hyfryd Fferm Cwm Cawdel.

Ar ôl yr holl edrych ymlaen a'r paratoi, fe gafodd Ffion a Fflei gyfle i ymlacio hefyd.

"Dyma ti, Fflei – y selsigen fwyaf ym Mhrifwyl Fferm Cwm Cawdel!!"

Ar fore cystadleuaeth y pedwarawd, roedd gwartheg Cwm Cawdel yn nerfus iawn wrth gael eu hymarfer olaf.

Ond fe ganon nhw yn arbennig o dda,
a chael cymeradwyaeth wresog iawn
gan bawb oedd yn y pafiliwn.

Mŵsig y maes
Mŵsig y maes
Mŵsig y maes
Mŵsig y maes

A phedwarawd Cwm Cawdel oedd yn ail yn y gystadleuaeth.

Roedd Sali wrth ei bodd yn gwylio'r Prif Seremonïau.

Defaid Iewan

A bu Llio a Miri yn mwynhau bob nos tan
yr oriau mân yn gwylio'r bandiau ym Maes B.

Erbyn diwedd yr wythnos, roedd y criw wedi blino'n lân ond ro'n nhw'n dal i fod eisiau gwneud y gorau o ddiwrnodau ola'r ŵyl.

Felly bant â nhw i gael gymaint o hunluniau â phosib gyda'u ffrindiau newydd.

meic, miri a martha.

Ar y noson olaf un, cerddodd y gwartheg, Ffion a Fflei i gyd i ben pella'r maes parcio er mwyn cael edrych i lawr ar oleuadau hardd yr Eisteddfod a gwrando ar gerddoriaeth Llwyfan y Maes, a phawb yn canu gyda'i gilydd yn un môr o leisiau.

"Fe gofiwn ni hyn am byth, gwnawn?" meddai Ffion.

"Oes yna ddeigryn bach yn dy lygad di, Ffion?" holodd Fflei.

"Efallai wir," atebodd hi.

“Y’ch chi’n cofio fi’n poeni fod Cwm Cawdel ar werth?” gofynnodd Sali.

Chwarddodd pawb.

“A heddiw, mae Cymru gyfan yma yn cael gwyliau gyda ni,” meddai Ffion.

Diflannodd y carafannau a'r pebyll i gyd. Tynnwyd adeiladau'r Maes i lawr ac roedd Fferm Cwm Cawdel yn dawel a heddychlon unwaith eto.

Ond roedd Cerrig yr Orsedd yno i aros, yn eu hatgoffa o'r wythnos pan mai eu cartref nhw oedd oedd y lle pwysicaf yng Nghymru. Roedd y criw yn falch iawn o allu galw eu hunain yn wartheg Cwm Cawdel.

CYFRES

FFERM CWM CAWDEL

Gwyliau Gwirion Fferm Cwm Cawdel – £6

Dewch gyda ni i ddilyn hynt a helynt Ffion a'r gwartheg wrth iddynt fynd ar hyd a lled Cymru.

Gwyliau Cyntaf – Aberystwyth!

Mwy o Wyliau Fferm Cwm Cawdel – £6

Dewch gyda'r gwartheg i gael llond trol o hwyl ar hyd strydoedd enwog Caerdydd, ac yn ymweld â'r Stadiwm Genedlaethol, Canolfan y Mileniwm, Sain Ffagan a'r Senedd!

Y tro hwn – Caerdydd!

Amser Da Fferm Cwm Cawdel – £6

Dewch gyda ni i ymuno efo Ffion, Fflei
a'r gwartheg direidus wrth iddyn nhw geisio
codi pabell yn Llŷn, hedfan ar Zip-World Bethesda
a dringo mynydd uchaf Cymru!

Y tro hwn – maen nhw'n mynd am dro i Eryri!